MIGNONNE

OU

LA BONNE PETITE FILLE

Paris.—Imprimé chez Bonaventure et Ducessois,
55, quai des Grands-Augustins.

Elle passait le temps de ses leçons à faire sauter à la corde maître A-é-i-o-u.

MIGNONNE

OU

LA BONNE PETITE FILLE

PAR Mme J. J. LAMBERT

PARIS

DELARUE, LIBRAIRE-ÉDITEUR

3, RUE DES GRANDS-AUGUSTINS

1861

MIGNONNE

OU

LA BONNE PETITE FILLE

I

BLANCHE-ÉGLANTINE ET ÉGLANTINE-ROSE

ALORS qu'il y avait une foule de seigneurs qui étaient aussi puissants dans leurs domaines que de petits rois, vivaient le marquis et la marquise des Églantiers.

Ils avaient deux grandes et belles demoiselles qu'une gracieuse dérivation du nom de leurs parents avait fait appeler Blanche-Églantine et Églantine-Rose. La première, l'aînée des deux, venait d'atteindre sa quinzième année et la seconde avait un an de moins seulement que sa sœur.

Nous ne nous trompions donc point en disant de grandes demoiselles ; malheureusement, les années ne leur avaient pas apporté toute la sagesse et toute la raison désirables.

Blanche-Églantine n'avait en tête que l'ostentation et la coquetterie. Aussi passait-elle une partie de ses journées assise devant une psyché où elle se voyait des pieds à la tête, et entourée de dames d'atours qui lui essayaient chacune quelque ajustement nouveau. Certains d'être bien accueillis au château du riche et puissant marquis des Églantiers, des marchands de diverses parties du monde apportaient à Blanche-Églantine tout ce qui peut servir d'aliment au luxe des toilettes les plus recherchées ; on voyait en même temps un Chinois lui offrir quelque magnifique pièce de soie de Pékin, un petit nègre lui présenter des plumes d'autruche, et jusqu'au fils d'un sauvage civilisé du Canada qui chaque année apportait des fourrures de martre zibeline ou d'hermine.

Un Chinois lui offrait quelque magnifique pièce de soie de Pékin.

Le marquis et la marquise des Églantiers n'avaient pas manqué, comme vous le pensez bien, d'adresser à leur fille aînée plus d'une remontrance sur son vilain défaut. Ils lui avaient fait, avec raison, observer qu'il n'y a point de mauvais penchant qui n'ait ses dangers. Et voyez si cela est vrai : cette coquetterie et cette ostentation avaient déjà fait perdre à Blanche-Églantine un temps si précieux qu'elle ne savait pas encore écrire. Quelle honte vous auriez, n'est-ce pas ? d'être aussi ignorante, vous qui sans doute êtes bien plus jeune que la fille du marquis et de la marquise !

Quant à Églantine-Rose, c'était l'amour excessif du jeu qui lui faisait tourner l'esprit, et cela d'une façon si regrettable, que, de son côté, elle n'avait pu encore apprendre même à lire. Tous les alphabets qu'on lui donnait étaient aussitôt transformés en cocottes ou en petits bateaux de papier. Elle disait alors qu'elle trouvait les livres fort amusants et qu'on avait tort de lui reprocher de ne pas les aimer.

Églantine-Rose disait aussi que rien ne lui plaisait autant que les leçons de son maître, le savant A–é–i–o–u. Vous le comprendrez facilement quand nous vous aurons dit qu'elle passait tout le temps de ces leçons à faire sauter celui–ci à la corde, ou bien à le faire jouer à colin-maillard, au pied de bœuf, à pigeon-vole. C'était, à la vérité, la chose la plus plaisante du monde que de voir alors le corps long et maigre de maître A–é–i–o–u se tortiller de mille manières avec sa grosse perruque, son large rabat et son sévère habillement noir. Mais si le bonhomme de savant, qui devenait ainsi l'élève de son écolière, apprenait tous les jeux des petites filles, Églantine–Rose restait une ignorante, ce qui aurait dû la faire rougir si elle avait été plus raisonnable.

Tout cela affligeait le marquis et la marquise, qui, cédant à une trop grande bonté, n'avaient encore pu se résoudre à user de sévérité envers les deux demoiselles. Jusqu'alors ils s'étaient contentés de leur dire :

—Hélas ! que ne ressemblez-vous à votre cousine Mignonne, dont on entend vanter partout les connaissances, la sagesse jointe à l'esprit le plus fin, bien qu'elle compte à peine dix années !

« Je serais bien fâchée de ressembler à Mignonne qui n'est pas assez riche pour avoir ni dames d'atours, ni robes de soie, ni habits de velours, ni plumes d'autruche, » pensait sottement Blanche-Églantine. « Malgré tout son esprit, se disait non moins sottement Églantine-Rose, je suis bien sûr que Mignonne ne sait pas faire aussi bien que moi les cocottes en papier et les petits bateaux. »

Et ces deux demoiselles continuaient à suivre leurs penchants favoris. Peut-être seraient-elles devenues plus sages si elles avaient eu sous les yeux l'exemple de Mignonne. Malheureusement, la famille de cette dernière était depuis plusieurs années brouillée avec le marquis et la marquise des Églantiers, et il y avait longtemps que l'on ne se voyait plus de part ni d'autre. Le moment n'était pas loin cependant où les deux petites dédaigneuses allaient avoir grand besoin de la sagesse et de la bonté de Mignonne.

II

DE CE QUE LES FILLES DU MARQUIS IMAGINÈRENT

POUR RENDRE BEAUX ET AMUSANTS LES GENDARMES DE GRANDE-MOUSTACHE.

Quelque peine que cela leur causât, le marquis et la marquise des Églantiers s'étaient enfin décidés à être moins indulgents pour les deux sœurs, lorsqu'un événement imprévu vint empêcher les nobles personnages de réaliser leur projet. Une affaire des plus graves les obligea tout à coup à entreprendre un long voyage.

Le peu de temps dont ils pouvaient disposer pour faire leurs préparatifs de départ, la rapidité avec laquelle ils devaient voyager, la difficulté qu'il y avait alors à franchir une longue distance ne permettaient pas qu'ils emmenassent leurs filles.

Avant de monter dans son carrosse de voyage avec sa femme, le marquis parla ainsi aux deux demoiselles :

—Mes chères enfants, nous vous laissons dépositaires de notre pouvoir seigneurial; exercez-le comme il vous plaira, c'est-à-dire chacune à votre tour ou toutes deux ensemble. Soyez toujours d'accord, ne cherchez pas à vous contrarier l'une et l'autre comme cela vous arrive trop souvent, ou il vous arriverait malheur. Voici le sire Grande-Moustache, le chef de mes gendarmes, qui fera exécuter vos ordres s'ils sont raisonnables, et maintiendra le respect qui vous est dû par nos vassaux, tant que vous le mériterez.

Après ces sages recommandations, les deux époux embrassèrent les demoiselles et montèrent dans leur carrosse. La voiture partit aussitôt.

Pendant le temps qu'elle vint à disparaître, Blanche-Églantine et Églantine-Rose demeurèrent toutes pensives. Méditaient-elles les dernières paroles de leur père ? C'est ce que nous allons voir. Au bout d'un long moment de réflexions, la première releva la tête et dit à Grande-Moustache :

—Je veux que toutes les femmes et les filles de nos vassaux se mettent à faire des robes, des manteaux, des nœuds de rubans avec les plus belles étoffes que l'on pourra trouver, afin que j'aie tous les jours à choisir entre cent toilettes nouvelles.—Et moi, ajouta aussitôt Églantine-Rose, j'ordonne que tous nos vassaux et leurs fils ne fassent plus autre chose que de fabriquer des joujoux, du matin jusqu'au soir.

Le chef des gendarmes s'inclina en souriant méchamment dans ses longues moustaches et répondit qu'il allait faire exécuter les ordres des demoiselles.

Deux heures plus tard, il n'y avait plus dans le vaste domaine des Églantiers, que des couturières et des fabricants de jouets. Mais comme il n'y resta plus ni boulangers, ni bouchers, ses habitants commencèrent dès le lendemain à manquer de pain et de viande fraîche.

Il s'ensuivit un mécontentement général dont Blanche et Rose ne se doutèrent même

Elle était occupée à passer en revue ses joujoux.

pas, tant elles étaient occupées : celle-ci à essayer ses robes, et celle-là à passer en revue ses joujoux.

Grande-Moustache souriait toujours de son méchant sourire.

Tout à coup, Blanche-Églantine et Églantine-Rose l'envoyèrent chercher. Il alla d'abord chez l'aînée des deux sœurs, qui lui dit :

—Tes gendarmes ont de vilains costumes et ne me font point honneur ; je veux qu'ils soient tous habillés demain en polichinelles et toi en arlequin avec des paillettes et des coutures d'or sur vos vêtements.

—Mais on se moquera de moi et de mes soldats ! s'écria Grande-Moustache, qui devint tout rouge de colère.

—Cela m'est égal ! répondit la fille du marquis.

Et elle tourna le dos au capitaine.

Celui-ci se rendit alors, et en tiraillant avec fureur ses moustaches, auprès d'Églantine-Rose, qui lui parla de la sorte :

—Tu as des soldats qui ne sont pas amusants du tout à voir, il faut les habiller en pierrots, et toi, tu prendras le costume de Scaramouche... Ah! ah! ah! poursuivit la petite demoiselle en riant aux éclats, vous serez fort plaisants ainsi vêtus!

Dans son dépit, le capitaine faillit arracher une des moustaches auxquelles il devait son nom ronflant.

—Pour le coup! répondit-il, c'est impossible, attendu que mademoiselle Blanche-Églantine veut que mes soldats soient habillés en polichinelles et que je le sois en arlequin.

—Oh! cela serait bien moins amusant! Je suis la maîtresse aussi, moi! et je t'ordonne de mettre ma sœur en prison dans sa chambre, puisqu'elle m'empêche de faire ce que je veux.

Grande-Moustache s'empressa d'aller exécuter cet ordre.

Aussitôt qu'elle le connut, Blanche-Églantine se laissa aller à une sotte colère contre sa sœur, dit qu'elle ne céderait pas et commanda de retenir aussi Églantine-Rose prisonnière dans sa chambre.

Le capitaine obéit avec le même empressement. Et voilà nos deux demoiselles emprisonnées. Elles se sont, en suivant leurs mauvais penchants, livrées elles-mêmes à leur ennemi.

Peut-être l'avez-vous déjà deviné, cet ennemi secret; c'est Grande-Moustache qui a rêvé de s'emparer sûrement du pouvoir seigneurial. Voilà pourquoi il se hâtait de seconder en souriant toutes les fautes commises par les filles du marquis, car il ne doutait point que ces fautes ne lui offrissent l'occasion de réaliser sans danger son méchant dessein.

Il ne s'était pas trompé et il lui avait suffi pour cela d'obéir aux filles du marquis.

Le mécontentement des habitants du domaine des Églantiers, qui n'avaient plus ni pain chaud, ni viande fraîche, était si grand, que chacun d'eux se sentit plutôt disposé à se réjouir qu'à s'affliger de l'emprisonnement des deux demoiselles.

Grande-Moustache était donc bien près d'atteindre son but. Qui pouvait en effet, et à défaut de la sagesse dont elles manquaient, venir au secours de Blanche-Églantine et d'Églantine-Rose? c'est ce que nous allons voir.

III

LA CASSETTE AUX BIJOUX

VAINEMENT Blanche-Églantine et Eglantine-Rose avaient essayé de recouvrer leur autorité.

Grande-Moustache leur avait durement répondu que son devoir étant d'obéir à chacune d'elles, il devait exécuter ce que l'une et l'autre lui avaient commandé; et il avait rendu leur captivité de plus en plus rigoureuse.

Un matin que Blanche-Églantine se désolait, la seule dame d'atours à laquelle il fût encore permis d'entrer dans la chambre de la jeune fille lui dit :

—Ne vous désespérez point, chère demoiselle.

—Et que veux-tu que je fasse? répondit en sanglotant la fille du marquis.

—Demandez votre grande cassette aux bijoux.

—Pensez-vous, dame Fanfreluche, que j'aie envie de me parer, maintenant?

—Demandez votre grande cassette aux bijoux, répéta la dame.

—Hélas ! me fera-t-elle sortir de prison ?

—Suivez mon conseil.

—Faites-la donc apporter, puisque cela vous plaît, dame Fanfreluche, mais je ne crois pas que je veuille même l'ouvrir.

La dame d'atours n'en demanda pas davantage, et, quelques instants plus tard, deux pages, après en avoir obtenu la permission de Grande-Moustache, venaient déposer dans la chambre une élégante boîte sculptée dont dame Fanfreluche avait la garde. Puis les pages se retirèrent.

Malgré le chagrin qu'elle éprouvait, Blanche-Églantine ne put s'empêcher d'arrêter un long regard sur sa bien-aimée cassette.

Tout à coup la demoiselle tressaillit ; il lui

semblait en avoir vu le couvercle s'agiter doucement et comme si une main invisible essayait de le soulever.

Blanche-Églantine crut d'abord à une illusion. Imaginez quelle fut sa surprise et presque sa frayeur lorsque ce couvercle, mis en mouvement par une force inconnue, acheva de se lever. Un cri allait s'échapper des lèvres de la prisonnière lorsqu'à la place de ses bijoux, elle découvrit une charmante créature qui lui faisait signe de retenir toute exclamation d'étonnement ou de peur.

C'était une petite fille ayant à peu près la taille que l'on prête au Petit-Poucet, mais aussi toute la grâce et toute la gentillesse que l'on peut imaginer.

Malgré ses simples habits de laine, Blanche-Églantine la prit un moment pour une fée, et murmura :

—Mon Dieu! qui êtes-vous, ma jolie demoiselle? Vous ressemblez à un de ces bons génies dont parlent les contes.

L'adorable petit être sortit lentement de la cassette, puis répondit en souriant :

A la place de ses bijoux, elle découvrit une charmante petite créature.

—Je désire leur ressembler pour vous rendre service, si je le puis, chère demoiselle. Je suis Mignonne, votre cousine... la moindre des petites filles comme vous le voyez. J'ai su le malheur qui vous était arrivé ; j'ai alors imaginé, et, d'accord avec votre dame d'atours, employé, pour pouvoir arriver jusqu'à vous, le moyen auquel je dois le plaisir de vous offrir mes bons offices.

—En vérité, Mignonne, tu es la plus aimable, la meilleure, la plus ingénieuse des petites filles. Mais, je le reconnais bien à présent, j'ai été si peu sage, c'est-à-dire si sotte, que mon malheur doit être irréparable.

—Il me semble cependant bien facile de le réparer.

—Oh ! tu te trompes, assurément.

—Essayons toujours.

—Eh bien, voyons! répondit Blanche-Églantine en prenant et en serrant avec amitié la main que lui tendait Mignonne.

IV

OU MIGNONNE PROUVE SON ESPRIT ET SA SAGESSE

Blanche-Églantine, croyant réellement que sa cousine Mignonne allait accomplir quelque prodige, la regardait de tous ses yeux, l'écoutait de toutes ses oreilles.

—Raisonnons un peu, reprit celle-ci.

—Comment, c'est en raisonnant que tu espères nous tirer de peine?

—Il faut toujours commencer par là avant de faire quelque chose : la raison est la plus puissante des fées ; raisonnons donc.

—Alors, je le veux bien.

—C'est votre entêtement et votre colère qui vous ont fait mettre en prison, vous et votre sœur, ou plutôt vous vous y êtes mises vous-mêmes. Il ne paraît donc pas bien difficile, avec un peu de sagesse, de défaire ce que vous avez fait : écrivez à Églantine-Rose que vous allez donner à Grande-Moustache, qui sera bien obligé de vous obéir, cette fois, l'ordre de la mettre en liberté et priez ma cousine d'en faire autant pour vous.

Blanche-Églantine rougit et baissa les yeux.

—Ne le voulez-vous point? demanda Mignonne.

—Je ne demanderais pas mieux, car je sens bien que vous avez raison. Mais, balbutia la pauvre demoiselle, je ne sais pas encore écrire.

Mignonne ne put retenir un mouvement de surprise et de commisération.

—Oh! j'en suis bien fâchée et bien honteuse maintenant, poursuivit Blanche-Églantine.

—A la bonne heure! Cela vous servira de leçon ainsi qu'aux petites filles qui pourraient vous ressembler et qui liront votre histoire. Cependant faites ce que je vous conseille; j'essayerai de voir Églantine-Rose et de remplacer votre lettre.

—Comment feras-tu pour pénétrer dans sa chambre; elle n'a pas de boîte de bijoux, elle!

—Je ne sais pas encore, je chercherai un moyen de tromper la surveillance des gendarmes de Grande-Moustache, et tout ce qui peut m'arriver de pire, c'est d'être mise en prison comme vous.

—Ah! quel malheur! quel malheur de ne pas savoir écrire, répéta Blanche-Églantine.

—Oui, mais quel bonheur que vous vous en aperceviez enfin, ma chère cousine! repartit Mignonne.

Après avoir envoyé de ses petits doigts blancs et roses un baiser à la demoiselle, elle rentra dans la grande boîte sculptée dont le couvercle fut baissé par la dame d'atours qui avait fait le guet.

Les deux pages vinrent reprendre et emportèrent la cassette aux bijoux sans se douter du précieux petit trésor qu'il renfermait.

Blanche-Églantine voulut mettre aussitôt à

Mignonne partait au grand galop de sa chèvre.

exécution le conseil de Mignonne; mais Grande-Moustache, qui tranchait déjà du grand seigneur, était allé à la chasse et il fallut que la fille du marquis se résignât à attendre jusqu'au lendemain.

Pendant ce temps, Mignonne qui était sortie de la cassette et revenue chez son père, s'ingéniait à trouver le moyen dont elle avait parlé. La Providence ne tarda pas à lui envoyer une de ces heureuses inspirations dont elle est toujours prodigue envers les bonnes petites filles.

Le jour suivant, Mignonne se leva de grand matin et revêtit son modeste et charmant habit d'amazone vert de mer. Ayant ensuite pris sa cravache, laquelle était à peu près longue comme une aiguille à tricoter, elle demanda la jolie biquette blanche aux cornes dorées qui lui servait de haquenée.

Quelques instants ne s'étaient pas écoulés qu'elle sautait légèrement en selle et partait au grand galop de la chèvre, pour le château des Églantiers, non sans recueillir sur son passage les saluts respectueux ou sympathiques des paysans qui la voyaient passer. La bonté et la sagesse de Mignonne la faisaient en effet chérir à dix lieues à la ronde, bien plus que si elle avait eu toutes les richesses de la terre.

V

LA POUPÉE MARQUISE

Un peu avant d'arriver au château des Églantiers, Mignonne mit pied à terre et laissa sa légère monture dans un petit bois où elle était bien certaine de la retrouver. Puis elle se rendit à la demeure seigneuriale du marquis. Son premier soin fut alors de demander à parler à la gouvernante d'Églantine-Rose, qui n'avait plus d'autre compagnie que cette gouvernante.

—Madame, dit Mignonne à celle-ci, dès qu'elles furent seules, je viens pour secourir et consoler Églantine-Rose.

—Hélas! répondit la gouvernante, les gardes du sire Grande-Moustache ne vous laisseront point arriver jusqu'à la pauvre demoiselle.

—C'est ce que nous verrons : allez, je vous prie, chercher sa plus grande poupée et apportez-la sous prétexte de la faire raccommoder.

La gouvernante crut d'abord que Mignonne était folle, mais celle-ci répéta sa demande avec un sourire si fin, que la bonne dame comprit qu'il n'y avait pas dans toute sa personne autant d'esprit que dans le petit doigt de notre héroïne; aussi se hâta-t-elle, cette fois, de faire ce qui lui était commandé.

Elle s'éloigna donc et reparut bientôt, tenant dans ses bras une poupée qui était à peu près de la taille de Mignonne et vêtue d'un magnifique costume de marquise.

—Maintenant, posez cette jolie personne sur le fauteuil que voilà, et allez, s'il vous plaît, faire sentinelle, reprit la cousine des deux prisonnières.

La gouvernante obéit encore. S'étant entendue appeler, au bout d'un petit quart d'heure elle revint, et, ne voyant plus que la petite marquise, dit :

« Il n'y a plus de Mignonne, » répondit une douce voix.

—Mademoiselle Mignonne, où êtes-vous donc passée?

—Il n'y a plus de Mignonne, répondit une douce voix...

—Ah! mon Dieu! s'écria la gouvernante en reculant avec stupéfaction; la poupée qui parle, la poupée qui rit, la poupée qui...

—Espère maintenant sauver ta jeune maîtresse à la barbe des gendarmes du sire Grande-Moustache, ajouta la même voix.

Or cette voix, c'était bien celle de la marquise ou plutôt de Mignonne qui venait de revêtir le costume de la poupée.

—Allons, ajouta l'ingénieuse enfant, prenez-moi dans vos bras et reportez-moi, je vous prie, dans la chambre d'Églantine-Rose. Les gendarmes de sire Grande-Moustache n'auront rien à dire à cela, je pense.

La gouvernante émerveillée obéit encore, et la spirituelle poupée arriva sans accident où elle voulait aller.

Une heure après, Grande-Moustache rentrait au château. Sa première question fut celle-ci : Personne n'est-il entré dans la chambre de Blanche-Églantine ni dans celled'É-glantine-Rose?

—Oh! personne, répondirent les gardes de la meilleure foi du monde.

Le chef des gendarmes sourit de la façon que vous savez : il avait vu tous les habitants du domaine des Églantiers fort irrités et d'autant plus résolus à se soulever et à lui offrir la puissance seigneuriale, qu'il n'y avait plus personne pour exercer cette autorité.

Mais son sourire se changea en une bien laide grimace, nous vous l'affirmons, lorsque Blanche-Églantine et Églantine-Rose, après l'avoir mandé presque en même temps, auprès d'elles, lui ordonnèrent chacune de rendre à l'une et à l'autre la liberté avec le pouvoir qui y était attaché.

Grande-Moustache n'était pas encore le maître; il lui fallut se soumettre à cette double injonction ou devenir ouvertement un rebelle, ce qui l'eût exposé à plus d'un danger qu'il hésitait à courir.

Il se disait, d'ailleurs, que les filles du marquis étaient trop peu sages pour ne pas

Il coupa le cou à la poupée.

commettre bientôt quelque faute nouvelle qui lui permettrait de réaliser sans péril ses mauvais desseins.

Le chef des gendarmes se trompait cette fois : la première chose que firent d'un commun accord Blanche-Églantine et Églantine-Rose fut de laisser leurs vassaux et leurs vassales libres de reprendre leurs premières professions, leurs anciennes occupations. Elles déclarèrent ensuite qu'elles n'exerceraient plus le pouvoir seigneurial qu'en prenant conseil des deux plus sages habitants du domaine des Églantiers.

La joie succéda aussitôt au mécontentement, les témoignages de fidélité aux préparatifs de révolte.

Tout cela, vous vous en doutez bien, était dû à la sage et jolie Mignonne.

Le chef des gendarmes en ressentit une telle rage qu'il arracha une de ses terribles moustaches, ce qui l'obligea à couper l'autre. Il voulut savoir qui avait donné de si bons avis aux filles du marquis, car il se doutait bien qu'elles n'avaient pu acquérir en si peu de temps la sagesse dont elles faisaient preuve.

Quelqu'un ayant dit à Grande-Moustache qu'elles n'avaient eu d'autre conseillère que la grande poupée-marquise d'Églantine-Rose, il se glissa dans la chambre de la demoiselle, et, tirant son long sabre, coupa le cou à la pauvre poupée qui n'en pouvait mais.

Par malheur pour lui un page le vit accomplir cet acte de cruelle vengeance. L'irascible chef fut alors mis en jugement, puis condamné à perdre son grade et à fabriquer pendant toute sa vie des poupées pour les petites filles les plus sages du pays.

A partir de ce jour, Blanche-Églantine et Églantine-Rose ne méritèrent plus que le respect et l'affection de leurs vassaux.

Elles supplièrent avec tant d'instance Mignonne de rester au château des Églantiers, que celle-ci obtint de son père la permission de demeurer avec ses cousines.

C'est que les deux demoiselles avaient enfin reconnu que la sagesse, ainsi que les qualités du cœur et de l'esprit, a mille fois plus de

On distribua les poupées fabriquées par Grande Moustache.

prix que les richesses ou les vaines satisfactions du plaisir.

Nous n'ajouterons plus qu'un mot, à savoir que nous avons copié cette histoire tout entière sur un vieux manuscrit, rédigé six mois plus tard de la main de Blanche-Églantine elle-même.

Le marquis et la marquise étaient alors revenus à leur château, où ils retrouvaient deux demoiselles presque accomplies, grâce à l'exemple et aux conseils de Mignonne.

Cet heureux événement fut célébré par une grande fête, où l'on distribua aux petites filles qui s'en étaient rendues dignes les poupées fabriquées par Grande-Moustache.

FIN.

TABLE.

www.ingramcontent.com/pod-product-compliance
Ingram Content Group UK Ltd.
Pitfield, Milton Keynes, MK11 3LW, UK
UKHW022145190726
13855UKWH00003B/1344

9 782013 383424